文芸社セレクション

文通 ─春美ちゃんと綴った47年

保坂 眞由美

HOSAKA Mayumi

文芸社

目次

文通 ―春美ちゃんと綴った47年

15歳、文通の始まり

春美ちゃんと私は、小・中・高の同級生だ。

そして、私達は小学生の時に同じクラスになったことがあった。

当時、私達の学校では休んだクラスメートの所に給食のパンを届けることになっていた。距離はあったがクラスで春美ちゃんの家から私の家が一番近かったので、春美ちゃんの家にパンを届けたことが何度かあった。

我が家に向かう曲がり角を通り過ぎ、一人でてくてく歩いた道のりはとても遠く感じられた。

そして私達は高校1年の時にも同じクラスになった。春美ちゃんは小学生の時と変わらず大人しく静かな人だった。そして、時折見せる笑顔がとても印象的だった。

その春美ちゃんが入学して間もなく学校に来なくなった。

担任の先生からクラスの皆に春美ちゃんが入院したことを告げられた。詳しいことは聞かされていないが心の病とのことだった。

私は「早く元気になって学校に戻って来てほしい」と思い、すぐに入院している病院の住所を調べて手紙を書いた。すると、春美ちゃんから返事が届いた。

しかし、春美ちゃんは卒業まで学校に戻って来ることはなかった。

けれど、私達の文通は47年たった現在も続いている。

20代

20代の後半、私は結婚しその後2人の子供を授かった。

春美ちゃんと文通する中で、私が決めていることがあった。それは、「私自身に関することは書かない」ということだった。

自由のない入院生活の中で、「春美ちゃんは何を思い生活をしているのだろうか?!」そう思うと、自由な日々を送っている私の話など春美ちゃんにとってマイナスでしかないと思ったからだ。

ただ、結婚したことは、名字と住所が変わるので、そのことだけは伝えなければならなかった。


ある時、妹さんから聞いたのか、春美ちゃんが一度だけ私の子供達のことに触れてきたことがあった。その時は仕方なく、「上が男の子で、下が女の子」という感じの内容で返事を書いたが、それ以来春美ちゃんは私の家族のことを聞いてくることはなかった。

2人で行った海

春美ちゃんは外泊ができる時や、何度か入退院を繰り返していた時期があった。

私が結婚する前だと記憶しているが、一度だけご家族の了解を得て春美ちゃんをドライブに誘ったことがあった。1時間ほど車を走らせ海に着いた。

何を話したかは覚えていないが、暫く静かに海を眺めた後、お好み焼きを食べて帰った。

大切な思い出だ。

50代

春美ちゃんの最初の入院から38年がたったその年、私は乳がんになった。53歳の時だった。手術、抗がん剤治療、そして、放射線治療も受けた。元々体の弱かった私は衰弱して15キロやせた。

私は、春美ちゃんには心配をかけたくなかったので病気のことは伏せていた。


治療は様々な副作用が出て、大変な時もあったが、病気になって感謝できることがたくさん増えた。

その中のひとつに春美ちゃんへの思いが変わったことだ。

これは以前からやっていることだが、春美ちゃんには「励まさない、励まし」で、ただ寄り添うことに徹してきた。

春美ちゃんに限らず、私は頑張っている人にあまり「頑張って！」と言わないようにしている。頑張っている人に「これ以上、何を頑張れと言うのだろうか⁉」と思ってしまう。

だから、春美ちゃんへの手紙にも春美ちゃんが書いてくることに関して返事を書くようにしてきた。

春美ちゃんが書いてくるのは、聞いている音楽や、読んでいる本。そして病室から見える季節の花々のこと。そして時には、病院で行われる「夏まつり」の様子などだった。

春美ちゃんの手紙を読むと心が和む。私は、こんなに心が美しく純粋な人に会ったことはない。

更に春美ちゃんは、愚痴を一切言わない。その強さに「励まさない、励まし」をされていたのは、私の方だったと気が付いた。

そして私は、春美ちゃんと出会えたことに心から感謝できる自分になれた。

冬は必ず春となる

月日がたつのは早いもので、私達は還暦を迎えた。文通の回数も以前より増え、お互い年間に25通を超える手紙を書くようになっていた。

そしてその頃から私は、春美ちゃんに送る手紙は「白」の便箋と封筒と決めた。気づくのが遅すぎてしまったが、その方がすぐに私からの手紙だとわかるだろうし、「世間にはこんなに色々なものがあるよ」とのメッセージを送りたくはなかったからだ。春美ちゃんもノートを切り取って書いてくることもあったので、私もシンプルな「白」と決め、毎回同じ便箋と封筒を買うようにした。

また、春美ちゃんからの手紙の中に必ずと言っていいほど、折り紙や、塗り絵が入っていた。私はそれを見るたびに目頭が熱くなったり、ほほえましく思ったりしていた。

6年前になるが折り紙で作ったしおりに「一期一会、あなたと出会えて幸福です」と書いてくれていたことがあった。嬉しかった。

そしてそのしおりは、手紙を入れる箱とは別に、いつでもすぐに取り出して見られる引き出しに保管している。

私の宝物だ。

そしていつの頃からか、随分と年月がたっているようにも思うが、春美ちゃんが度々「冬は必ず春となる」と書いてくるようになった。

春美ちゃんは「生涯入院生活を送ることになると思っている」と何度か手紙に書いてきていたので、私は春美ちゃんが言う「春」とは何なのか分からなかったし、それを春美ちゃんに尋ねる勇気もなかった。

ただ、私は、春美ちゃんが入院生活を送る中で、幸せを見出してほしいと願っていた。


しかし、春美ちゃんは退院することを心の底では強く思っていたに違いない。

春美ちゃんの「春」とは「退院する」ことだったのだ。

そう、春美ちゃんは「冬は必ず春となる」の言葉通り、遂に「春」を手に入れた。

春美ちゃんは60歳の夏、退院してお母さんの元に帰って来た。最初の入院から45年後のことだった。

それは、突然のことだった。春美ちゃんから届いた手紙の封筒に自宅の住所が書かれていた。私は驚き、慌てて封を開け手紙を読んだ。心が躍った。本当に嬉しかった。

私は直ぐに、春美ちゃんの懐かしい自宅の住所に返事を書いた。

退院後の春美ちゃんの手紙には、退院できた喜びと、お母さんと枕を並べて眠る幸せ。そして、近くに住む妹さんが毎日食事を作りに来てくれていることへの感謝の言葉が綴られていた。

またその後の手紙にも、『冬は必ず春となる』の言葉通りになりました！」

「今までつらかった分、しあわせになります。まゆみちゃん、見ていてください！」と、喜びや決意、そして感謝の言葉で満ちていた。

　私はそのたびに涙した。


　そしてその後、私たちは再会を果たすことができた。年はとられていたがお元気なお母さんにも、そして妹さんにも会えた。

　この日のことは一生忘れない。

現在

　春美ちゃんが退院して2年が過ぎた。

　今、春美ちゃんはデイサービスに通いながら、週に一度は一泊でグループホームにも行き、充実した日々を送っている。

　手紙には「もう、二度と入院はしない！」と毎回書いてある。

　その言葉はきっとこれからも揺らぐことのない春美ちゃんの固い決意に違いない。

一方私は、乳がんを患って9年になる。治療はまだ続いている。体力もあまりない。けれど、「冬は必ず春となる」のだ！

だから、私達はこれからの人生を、共に「春」に向かって進み続けて行くのだ！

幼い頃の思い出

両親の結婚

私の父は、障害者だ。23歳の時、母と婚約した直後に、炭鉱の事故で視力のほとんどを失ってしまった。

今から、65年以上前のことだ。

それまでの父は、スポーツが得意で、とても人気者だった。2人の結婚も両家が喜び、周りの人達からも祝福され、あとは、結婚式を迎えるだけになっていた。そんな矢先の事故だった。

それからは、母の両親や姉弟達が、父との結婚を反対するようになった。

母は、悩んだ末に、父との結婚を選んだ。

結婚後、両親は、炭鉱の長屋に住み、洋裁師の母が、生計を立てていた。

一時期は、国からの援助を受けていた時もあった。

そして、私が小学校に入る頃だと記憶しているが、突然、「奇跡が起きた！」

父の目が回復したのだ！

医者からは「これ以上、見えることはない」と告げられていた中での出来事だった。

両親の喜びは、どれほどだっただろう。

父との思い出

それまでの私は、父との思い出が、ほとんどない。ただ、炭鉱のお風呂の行き帰りに、母の腕につかまって歩く、父の姿が記憶に残っているくらいだ。

けれど、父の目が回復してからは、父との思い出がいくつも出来た。その中でも一番の思い出は、父が家の中に、ブランコを作ってくれたことだ。狭い茶の間と6畳の境の鴨居にロープを通し、分厚い座板で作ってくれた。

最初は、家の中にブランコがあることが誇らしく、とても嬉しかった。けれど、ブランコをこげるのは、茶の間に誰もいない時、限定だ。

私は、段々つまらなくなり、そのブランコは、2~3ヶ月で撤去となった。

母との思い出

一方、母との一番の思い出は、時々私に洋服を縫ってくれたことだ。その中には、生地が足りなくて、袖だけ違うワンピースもあったが、それでも滅多に洋服を買ってもらえなかった私にとって、母が縫ってくれた洋服は、嬉しかった。

特に、小学5年生の時、学校代表で童話コンクールに出場した時の、ピンクのワンピースと、6年生の修学旅行の時の、赤と白のチェックのツーピースは、とてもお気に入りだった。

どちらも、60歳を過ぎた今でも、心に残る幼い頃の思い出だ。

ありがとう！

19年前の11月、我が家に子犬がやって来た。

以前から、子犬を欲しがっていた私と子供達だったが、主人が生き物を飼うのは反対だったので、実現することはなかった。

ところが、娘に、「11歳の誕生日のプレゼントに！」と、せがまれて、主人は渋々飼うことを許してくれた。

主人の気持ちが変わらない内にと、次の学校が休みの土曜日に、早速、私と娘はペットショップに勇んで行った。

そして、我が家に迎え入れる子犬を2人で決めた。

けれど、息子の意見も聞きたかったので、今度は3人で、子犬を見に行くことにした。

そして次の日、ペットショップに着くと、息子がすぐに、今しがた来たばかりの、生後2ヶ月のパピヨンを見つけてきた。

私達3人は、余りの可愛さに、「この子にしよう！」と、迷うことなく、パピヨンを我が家の家族に迎え入れることにした。


そして、遂に、「我が家に、子犬が、やって来たぁ!!」

一番喜んだのは、私だったのかもしれない。

名前は、子供達2人で、「こうすけ」と、名付けた。血統書を見ると「ローズキャッスル」と、書いてあった。

余りにもかけ離れた名前になってしまったが、主人も含め私達家族は、「こうちゃん」と呼んだ。

こうちゃんは、我が家に来てすぐから、私達が出かける用意をすると、自らケージに入って、留守番をしてくれた。

病気もほとんどしなかった。トリミングに連れていくこともなかった。

我が家にやって来た最初の頃、ペットショップに尋ねると、「パピヨンは、毛を切りませんよ」とのことだった。確かに、こうちゃんの毛並みは、いつもさらさらで、毛が伸びることもなかった。しかし、抜け毛はあったなあ。

こうちゃんは、家族の中で私に一番なついていた。寝る時も、私と一緒だ。眠たくて仕方がない時でも、ずっと私の傍にいて、私が寝るまで待っていた。私が、「こうちゃん、寝るよ〜！」と、声をかけると、私のあとを、ちょこちょことついて来て、ベッドの中にもぐり込み、私の腕枕ですやすやと眠った。

しかし途中で暑くなるのか、ベッドから出たり入ったりの繰り返しで、私はなかなか熟睡することは出来なかった。それでも、苦になることはなかった。

それから、家族と一緒にドライブにもよく出かけた。桜が咲く時期も一緒に連れて行った。海にも行った。けれど、海はこわいのか、近づこうとはしなかった。出来れば浜辺を一緒に走りたかった。


そして、4年前、こうちゃんは、突然、息を引き取った。

その日も、ずっと私の傍にいた。そして、私が昼食をとっている時、突然、「うおーん！」と、いつもと違う鳴き方をして倒れてしまった。私は、「はっとして」傍に駆け寄り、抱き上げて、大きな声で名前を呼んだ。すると目を開けて、「うおーん！」と、再び鳴いて、私の腕の中で息を引き取った。

涙が止まらなかった。

我が家に来て、15年2ヶ月だった。


その日、子供達が仕事から帰って来ると、こうちゃんを連れて、最後のドライブに出掛けた。

片道、車で40分かかる私の実家の両親の所にも、お別れをしてきた。

次の日、火葬の時間まで、私はずっと、こうちゃんの傍にいた。安らかな顔で、体も柔らかく死んだようには思えなかった。

そして、子供達が仕事から帰って来た。移動火葬車も時間通りに到着した。主人も、少し遅れて帰って来て、近くに止めてあった火葬車の所まで、走ってやって来た。その姿は、生き物を飼うのを反対していた頃の主人では無く、こうちゃんとの最後の別れに間に合うようにと、必死に帰って来た姿だった。

家族が揃ったところで一人ひとり、こうちゃんと最後のお別れをした。

そして、娘が買って来てくれた、花束と一緒に、こうちゃんは荼毘に付された。

こうちゃん！

私達の家族になってくれて、「ありがとう！」

いつも、私の傍にいて、見守ってくれて「ありがとう！」

かけがえのない思い出を「ありがとう！」

こうちゃんのことは、絶対に忘れはしない！

そして、今。

私の朝のルーティーンは、私のベッドの傍に置いてある、こうちゃんの写真に向かって、「こうちゃん、おはよう!!」と、声をかけることから始まる。

全てを「感謝」に変えて

乳がん

53歳のある日、胸のしこりに気が付いた。「あれ?!」と思い、私は、その日の内に近くの病院を受診した。

レントゲンと超音波検査の後、医者から、「念の為に大きな病院で診てもらいましょうか?!」と、軽い感じで言われたので、私も軽く受け止め、市内の総合病院に受診した。浅はかだった。検査が終わり、診察室に入ると、容赦なく、「乳がんですね。リンパまで転移しています」と、告げられた。

その言葉に、一瞬驚きはしたが、私は、これまでの経験から「これも、必ず意味がある。ありがとうございます！」と、心の中で叫んでいた。この病気を通し、私は、「きっと何かを得るに違いない」と、冷静に受け止め、病気と闘うスイッチを、「オン」にした。

とは言え、一方では、「死」も、心の片隅で覚悟した。けれど、息子は23歳、そして娘は21歳。どちらも就職して1年しか経っていない。私は、「生きて、子供達の将来を、見届けたい！」と、思った。「生きる希望、１００パーセントだ！」と、気持ちを切り替え、前を向いた。

そして、手術当日を迎えた。「必ず、家族の為にも、生き抜いてみせる！」と、心に誓い、手術に挑んだ。手術は、無事に成功した。けれど、回復が遅く、他の人より1週間遅れて、２週間で退院となった。元々私は、体が丈夫な方ではなかった。

退院後、間も無くして、抗がん剤治療が始まった。

３週間ごとの、８回の投与の予定だ。

私の体力は、１回目からみるみる落ちていった。

普通、抗がん剤治療は、初めの投与の時だけ、１日入院をして様子をみるが、私は８回とも入院した。こんな患者は稀らしい。

途中、衰弱が激しく、治療を中止することも検討されたが、それでも私は、治療を続けた。私は、「生きたかった！」

今の辛さよりも、１日でも長く生きる可能性がある方を選んだ。

私は毎回、10日程で退院をしていたが、その時も歩くのが困難で、車いすで病室を出た。家に帰っても寝たきりの状態だった。途中から味覚障害になり、食事を摂ることも、水さえも飲めなくなった。

入院中は、24時間点滴をして、栄養補給をする事が多くなっていった。手術をした方の腕は、治療が出来なくなったので、片方の腕でずっと点滴を打っていた。次第に腕の血管が細くなり、針が通らなくなった。それからは、手の甲に針を刺して、抗がん剤治療で、点滴もしていた。24時間点滴が繋がっていた時は、足の甲から採血をしたことが、1度あった。体の辛さの方が上回って、痛みはそれ程感じなかった。

今も3ヶ月に1度、採血をするが今はまだ手の甲からで大丈夫だ。けれど、最近は針が通りにくくなって来た。あと1年は治療が続くので、足から採血するようになることも覚悟している。「その時は、その時だ！」

私が入院中、主人は仕事の合間に、娘は仕事帰りに毎日様子を見に来てくれていた。息子は当時、車で1時間ほど離れた所に就職し、その近くで、1人暮らしをしていたので、仕事が休みの時に時々来てくれていた。家族の存在は本当にありがたかった。顔を見るだけで、嬉しかった。

けれど私は毎回、抗がん剤を打って、4～5日後から特に衰弱し、会話することもさえも出来なくなった。

そんな時は、ただただ、目を閉じて耐えるしかなかった。かろうじて娘には、SNSで体調が悪いことを伝えて、「病院に来なくていい」と伝えられたが、主人は電話オンリーだった。私は電話する気力も無い。

主人が来てくれた気配がすると、私は、一瞬だけ目を開ける。その姿を見て、主人は黙って、そして、静かに病室を出て行った。

主人はいつも、どんな気持ちで病室を後にしたのだろう。

幸せな時間

入院中は、ありがたいことに辛いことだけでは無かった。幸せや勇気をもらうことが沢山あった。

手術を入れると私は9回、入退院を繰り返している。窓から朝日が見える部屋もあれば、夕日が見える部屋もあった。どちらも、とてもきれいだった。

「生きている！」と、幸せを感じる時間だった。

また、入院している病院から駅が近いこともあり、朝と夜の静まり返っている時に、電車が走る音が病室に聞こえて来た。朝は、その電車が、「さあ！ 今日も1日、皆を乗せて頑張るぞぉ！ だから、君も頑張れぇ！」そして夜は、「今日も、もうひと踏ん張り！ 君も頑張れ！」と、励ましてくれている声に聞こえて来て、勇気をもらっていた。今でも、この駅の、ホームが見える橋の上を車で走ると、当時のことを思い出し、とても懐かしく、温かい気持ちになる。

また、担当の先生も1日2回、私の様子を見に来て下さり、それだけで安心できた。今は他の病院に異動になられてお会いすることも無くなったが、今でも感謝の気持ちは忘れてはいない。

看護師の皆さんからも、本当に良くしていただいた。

その中でも、元旦を病院で迎えることになった私を、夜勤だった看護師さんが、病棟の、太陽が大きく見える所に連れて行ってくださり、2人で初日の出を見ることが出来た。お天気も良く、見事な太陽の輝きだった。この時の感動は一生忘れることはない。その看護師さんにとっては、何気ないことだったかもしれない。けれど、私にとっては、生涯の宝物となった。

今はコロナ禍で病棟の方に行くことは出来ない。また、今は何処にいらっしゃるかもわからないが、もう一度会って改めてお礼を言いたいと、常に思っている。

入院生活は私にとって、全てが感謝だった。関わる全ての方に大変お世話になった。

勿論、抗がん剤治療は辛かった。けれど、それ以上に感謝の気持ちの方が深く心に残っている。

抗がん剤治療が終わり、放射線治療を受けに行く時もそうだった。病院に向かう途中に桜並木があり、私はそこを通って通院した。桜が咲いている時期だった。その桜達が私に、「今日も、頑張って！」と、優しく励ましを送ってくれているような気がして、私は幸せを感じながら、桜並木を車で走り抜け、治療を受けた。

私は、人は大変な中でも自分次第で幸せを見出すことが出来ると思う。そのことをがんになって改めて確信した。

病気になったことは、決して不幸なことでは無い。病気になったからこそ、感謝出来ることもあれば、生きているだけで、幸せだと感じることもある。

だから私は、これからも、何があっても乗り越えて、全てを「感謝」に変えていく、人生を送りたいと思っている。

必ず意味がある

手術から9年が過ぎた。

その間に、病と戦っている友人や知人達が私の周りにいた。その人達と話す中で、私の闘病生活が役に立った。

最近も、がんと戦っている友人から電話がある。彼女は、抗がん剤治療の副作用で不安を抱え、私の時はどうだったかを尋ねてくる。私は、誰よりも抗がん剤のダメージを受けていたので、自分の体験を話し、「必ず、乗り越えられるよ！」と、励ますことが出来ている。

私は自分が、がんになったからこそ、病と闘う人の気持ちが解るようになった。

「私にも、使命がある。病気の人を励ます使命がある。だから、私は、がんになったのだ。そして、誰よりも苦しんだのだ」と、思うようになった。

人生には、無駄はない。そして必ず意味がある。

がんの宣告を受けた時、「ありがとうございます！」と、心の中で叫んだのは、この私の「使命を自覚し、果たすこと」に、気付くためだったのかもしれない。

大切な出会い

私は、手術前からウイッグの用意をしていた。けれど、入退院を繰り返していたので、その間は医療用の帽子を被っていた。

少し外出ができる体力になった時、ウイッグを被ってみたが、何となくしっくり来なかった。インターネットで取り寄せたものなので自分に「ピッタリ!」と、いうわけにはいかなかった。

そこで私は、近くで医療用のウイッグのメンテナンスをやってくれる美容室をインターネットで探した。

最初に出てきた美容室は、自宅から車で40分ほどかかる場所にあった。

少し遠いし、体力的に運転して行けるか不安もあったが、地元は何となく抵抗があったので、この美容室に予約を入れた。

初めて行く美容室、ましてや、ウイッグのメンテナンスだ。とても、緊張していた。

美容室に入ると、2人の美容師の方が優しく迎えてくださった。

美容室は椅子が3脚あり、普通の美容室に見えた。

しかし、私は、奥の扉がついている部屋に通された。ウイッグを外しても人目を気にしなくて良かったので、少し安心した。

また、この美容室の先生も、乳がん経験者だった。身近に経験者がいると思うと、心強く思えた。「この、美容室で良かった」と、思った。

それからは、2ヶ月に1度のペースで美容室に通い、ウイッグのメンテナンスや、少しずつ生えてきた髪の毛を整えてもらっていた。

私にとっては、長時間の運転で疲れはしたが、滅多に外出することがなかったので、気分転換になった。

ある日、その美容室の先生から電話があった。

聞くと、ＮＨＫのニュース番組にお店が紹介されるとのことだった。番組のテーマは「乳がん患者の外見ケアについて」とのこと。番組側から、「医療用ウイッグを使っている人にも出演してもらいたい」と、いうことで、私に出演の依頼だった。

突然の話で、迷いはしたが、お受けすることにした。

取材当日、私はウイッグを外し、髪の毛が少し生えたところをカメラに撮られた。正直恥ずかしかった。でも、「誰かの役に立てているのであれば！」と、気持ちを切り替えた。

更に後日、プロデューサーから私に連絡が入り、急遽、我が家でも取材が行われることになった。今度は、ウイッグを被っての取材だった。抗がん剤治療の副作用のインタビューをアナウンサーから、いくつも受けた。思ったより緊張すること無く、答えることが出来た。

放送時間は、ほんの数分に収められていたので、私も、わずかの出演だった。それでも、「いい経験をさせて頂いた」と思っている。

人生、何が起こるかわからないものだ。


そして、それ以後も、この美容室の先生にお世話になっていた。ある時、私の髪の毛の生え方を見て、以前、同じような生え方をした方が、甲状腺に異常があったとのことで「一度、病院で検査を受けてみては?!」と、言ってくださった。

検査の結果は、先生の言われた通り、私は、甲状腺機能低下症だった。それも、随分前かららしい。甲状腺機能低下症の症状は、体重が増える。冷え性で汗をかかない。記憶力が低下する。いつも疲れや、だるさがある。便秘気味。眠気がいつも強い。などがある。私は、がんになる前は太っていたので、全て当てはまっていた。

私の体力が無いのは、「この病気の影響かもしれない」と、思った。

それから、私は薬を飲むようになり、少しずつではあるが症状は改善してきている。

たまたま見つけた美容室。けれど、先生との出会いは、私にとって「とても大きな、そして、大切な出会い」と、なった。

そこには

手術・抗がん剤治療、そして、放射線治療が終わるまでに8ヶ月かかった。

その後も治療の影響がまだまだあった。

体力がなく、1日ほぼ横になっていた。味覚も回復していない。むくみで顔がパンパンにはれていた。手足も痺れたままで、文字もまともに書けなかった。手の爪も1枚ずつはがれた。残ったのは小指の爪だけだった。

けれど、落胆することはなかった。

あとは、「元気になるだけだ!」と思っていた。

そこには、「希望があった!」

「未来があった！」

乳がんになって

乳がんになって、当たり前のことが実は当たり前ではないということに気が付いた。

今日を生きていられること。家族と一緒に過ごせること。そして、笑い合えること。全てが当たり前ではないと、気が付いた。


空を見ても、見方が変わった。

それまでは無意識に見ているだけの空が、今は、見ると幸せに思うようになった。

特に、青空に流れる雲を見た時は、「空も、私の人生も、同じ日は二度と来ない」そう思うようになった。

そして、「今日を大切に、生きていこう！」と、思うようになった。

中学時代

中学の時、私は、バレーボール部に入部した。当時、ドラマの「サインはV」や、アニメの「アタックNO．1」を見ていた影響で、中学に入ったら「バレーボール部に入部する」と、決めていた。

その影響を受けていたのは私だけではなかった。しかし、その大半の人達が、バレーボール部には入部しなかった。「怖そうな先輩がいるから」と、言う人もいた。結局、入部した新入生は私を入れて5人だけだった。

入部当初は掛け声と球拾いだった。それでも良かった。私は、掛け声も球拾いも、一生懸命頑張った。

怖そうな先輩も、迫力はあったが、怖いと思ったことは一度もなかった。

そして、3年生が引退し、いよいよ私達の出番になった。しかし、部員は5人……。6人制なので1人足りない。1年生がレギュラーに加わったのは言うまでもない。

皆、一生懸命練習をした。けれど、弱かった。試合で勝った記憶は余りない。

顧問の先生はとても厳しく、練習の時や、練習試合の時に、叱られるだけ叱られた。けれど、愛情は伝わっていたので、先生を嫌いになることはなかった。

朝練習もあった。また、当時、バレーボール部は運動場での練習だった。

真夏の暑い時も、真冬の寒い時も、とにかく、忍耐強く頑張った。

今、思うと、病気に負けない自分になれたのは、この3年間に培った忍耐と根性も役に立っているのかもしれない。

家　族

両親

私の実家の両親は、がんを患っている。

父は、14年前に前立腺がんを患い、母は、私と同時期に大腸がんと胃がんの手術を受けている。

父は、現在も治療中だ。

そんな両親は、今年、共に卒寿を迎える。


両親は、ひとりっ子の私が結婚してからずっと、2人で暮らしている。

父の視力は一時期回復し、仕事も出来、車の運転も出来る時期もあった。

しかし現在は、加齢も影響しているせいか、ほとんど見えなくなってしまった。人の顔もはっきり見えていない。おまけに聴力も、左が少し聞こえるだけだ。補聴器を付けても、余り変わりはない。

私達夫婦と、一緒に住むことや、近くに住むことも検討したが、今の家だから、父が生活出来ていている。更に父は、じっとしているのが嫌いで、見えないながらでも、庭の手入れなど何かしら体を動かしている。

父も、この家から離れたくないと言っている。

しかし、そうなると母の負担は大きい。母は、がんの手術後は回復が早く、胃を3分の2切ったとは思えないほど、普通に食べられた。しかし、手術からもうすぐ9年になる。流石に年には勝てないようで、食欲も落ち、体力もなくなって来ている。そんな状況の中での父との生活は本当に大変だと思っている。

けれど私は、出来る限り、残された2人の大切な時間を、仲良く幸せに暮らして欲しいと願っている。

主人

主人は、優しい。いつも、私の体調を心配し、そして、見守ってくれている。また、子供達にとっても、本当に優しいお父さんだ。

また、主人は、小さな建築業の会社を経営している。退職の年齢を、とうに過ぎているが、お陰様で周りの方々に恵まれ、そして、助けられながら、今も現役で現場に入り、働いてくれている。

息子

息子は、大学を卒業し社会人になった翌年に、アマチュアの太鼓団に入った。中学生から30代までの男性だけの太鼓団だ。日曜日は、地域のイベントや太鼓祭りなどに出演し、毎回、10人前後で演奏している。

その息子を、私の両親と私達夫婦はいつもあちこちに出向いて、応援している。

父は息子の姿は見えていない。それでも毎回楽しみにしている。

現在の太鼓団の目標は、「全国大会優勝」だ。

7年前に、地方大会を勝ち抜き、全国大会出場を果たしたが、優勝には至らなかった。次は、「必ず、優勝を！」と、皆、学校や仕事から駆けつけて、週3回の練習は手を抜かず、真剣に取り組んでいる。そして、皆で心を合わせ、励まし合いながら技術を磨いている。

そして現在、団長である息子の陰の努力に、私は、「最高の理解者でありたい」と、思っている。

娘

娘は、何事にもよく頑張る。いや、頑張り過ぎるくらいだ。特に仕事

に於いては、どんなに体調が悪くても休まないし、どんなに忙しくても
やり抜いている。
そして娘は何より家族思いだ。
いつも家族の事を気遣って、自分のことは二の次だ。これは、誰に対
しても同じではないかと思っている。
また娘は、仕事が休みの土曜日はほとんど私といてくれる。２人でい
ると、話が尽きない。
そして、２人で良く笑う。
そんな娘とは「親子でもあり、姉妹でもあり、そして、親友でもあ
る」と、思っている。
また、２人で出掛けた時は、主人にお土産を買って来ては、優しい言
葉をかけてくれる。本当に、心根の優しい娘だ。

家族6人

主人は、両親を早くに亡くしている。その為か、私の両親のことを本当に大切にしてくれている。

お正月も、毎年、私の実家に行き、両親それぞれに、お年玉を渡してくれる。

子供達も社会人になってからは、両親と私達夫婦にお年玉をくれるようになった。

そして、ここ数年間は、お正月に家族写真を撮るようになった。いつまでこの6人で写真に収まれるかわからないが、共に生きたことを大切にしたいと思い、写真を拡大してファイルに保管している。

また、我が家では、お正月の恒例行事がある。

それは、ゲーム大会だ！

私の家族は、全員、家ではお酒を飲まない。

主人と子供達は付き合いで飲みに行くことはあるが、日頃から家で飲む習慣が無い。

そこで、お正月はお酒を飲む代わりに、お菓子を景品にしてゲームをしている。お菓子は、毎年私が用意をする。

ビンゴゲームやトランプの「ババ抜き」や「7並べ」と、どれも簡単なものばかりだが、父はビンゴのカードも、父用に買った大きめのトランプの数字も、今は見えない。けれど、父の隣に座る息子から手を借りて、どうにか今でも参加している。

ゲームの回数を重ねて行くと、お目当てのお菓子を誰かに取られてしまう。けれど、お菓子が全て無くなると、今度はお菓子の交換会が始まる。好きなお菓子に交換出来たり、出来なかったり。喜んだり、がっかりしたり。皆、まるで子供のようだ。

そして交換会が終わると、我が家のゲーム大会は終了となる。
皆、いい大人だが、家族6人で過ごす幸せな時間の一つでもある。

カレンダー争奪戦

我が家のカレンダー

私は、昔からカレンダーが大好きだ。元々、絵画や写真を観ることが好きな私は、素敵なカレンダーを見ると、幸せな気持ちになる。

特に、「楽園」と、自分で呼んでいる私の部屋には、一番のお気に入りのカレンダーを飾っている。

ベッドとテレビ、そして、引き出しのついた白いテーブルしか無い殺風景なその部屋に、カレンダーは花を添えてくれている。

また、小さな家ではあるが、部屋ごとにカレンダーを至る所に飾っている。ほとんどが、私のお気に入りのものばかりだ。ただ、一つだけ主人専用のカレンダーがある。それは仕事の予定を書き込むために、リビングの主人が座るすぐ側の壁にある。

私の為に

毎年12月に入ると、我が家にもカレンダーが集まって来る。と、言うより、私の為に、集めてもらっている。

主人は、仕事の取引先から、数字が大きいものや、中には素敵な風景の写真のものなどいろいろと持って来てくれる。特に、私の好きなカレンダーが手に入ると、自慢げにしている。

更に娘は、主人以上にカレンダーを手に入れることに、闘志を燃やしてくれている。

娘が勤める会社は、従業員が３００人程いる。その会社の取引先から頂くカレンダーは素敵なものが多い。

国内外の画家の絵や、美しい風景、そして、花の写真が付いたカレンダーは、特に人気だ。その素敵なカレンダーを、如何に手に入れるか?!

年末、そのカレンダーの争奪戦がこの会社内で繰り広げられる。

皆が「戦争」と銘打ち、お目当てのカレンダーを手に入れる為に、しのぎを削っている。


娘には、カレンダーは必要がない。スマートフォンで調べることが出来るので、それで良いと言う。

今は親元を離れて生活しているが、その家にもカレンダーはない。

娘は普段、余りはしゃいだりしない。その娘が、この時ばかりは、闘志を燃やしてくれている。300人が相手ではないにしろ、私の好みを熟知しているが故の娘の奮闘ぶりは、並大抵ではないと思っている。

申し訳ないやら、有難いやら……。

こうして私は、主人と娘の奮闘のお陰で、毎年、素敵なカレンダーに囲まれて、1年間を過ごすことが出来ている。

後ろ姿

写　真

私は、家族の後ろ姿の写真を撮る時がある。後ろ姿には、ありのままの気持ちを、映し出されているように思うからだ。

桜並木を、年老いた両親が手を繋いで、歩いている写真。またその両親が、成長した孫達と手を繋いで、歩いている写真。

それらの後ろ姿の写真には、優しさや、嬉しさ、そして、幸せな時間を過ごしていると言うメッセージのように感じられる。

また、後ろ姿の写真で、我が家にずっと飾っている写真がある。子供達の写真だ。

それは、２人が小学生の頃、私と子供達３人で海を見に行った時の写真だ。息子は半袖、娘は長袖の共にボーダーのTシャツと息子は半ズボン、娘はキュロットスカートをはいて、ゴム付きの麦わら帽子を、頭の後ろまで下げて、同じような格好で海を眺めている写真だ。波が怖かったのか、娘は息子の半ズボンを握って寄り添っている。


月日が経つのは早いもので、その子供達も30代になった。

今でも、その写真に目を向けると、幼かった頃を懐かしく思い、また、これからもずっと仲の良い兄妹であってほしいと願う。

主人の後ろ姿

結婚当初、主人は仕事人間で、家のことや子育ては、ほとんど私に任せきりだった。また、仕事の付き合いで、夜、家を空けることも多かった。初めは、寂しくて不満に思うこともあった。けれど、その一方で、主人の稼ぎだけで生活が出来ていることに、感謝していた。

時が流れ、現在は、付き合いの数も随分減って、夜は2人で食事を済ませ、穏やかな時間を過ごすことが多くなった。休みの日も、ほとんど一緒だ。

特に私が、乳がんになってからは、買い物も出来る限り主人が車に乗せて行ってくれるようになった。

私よりひと回り以上も年上の主人が、両手に買い物袋を下げ歩く後ろ姿に、「随分、年をとったなあ」と、しみじみと、思う時がある。

そして、去年の暮れ、お正月の買い出しに行った時だ。

いつもの様に、両手に買い物袋を下げて歩く主人の後ろ姿から、「覚悟」のようなものを感じた。私は、なぜか目頭が熱くなった。

後日、2人でテレビを見ていると、「使命」と言うワードが出てきた。私は、すかさず、主人に「使命は、何?」と、尋ねてみた。主人は、一瞬考えたようだが、「私を、養うこと!」と、答えた。

その時、私は、暮れに両手に買い物袋を下げて歩く、主人の後ろ姿を思い出した。

あの時、私が感じた、主人の「覚悟」のようなものは、「私を、これからも養って行かなければならないという、『覚悟』の後ろ姿だったのかもしれない」と。

胸が一杯になった。

「元気になって、恩返しをしよう!」
「まずは、私の運転で、一緒に旅行にでも行こう!」

それまでは、どうか、元気でいてほしい。

勝利の証

春美ちゃんが、退院して2年が過ぎた。今も、文通は続いている。再会後にまた、春美ちゃんと妹さんに会うこともできた。春美ちゃんは、とても元気でそして綺麗になっていた。

今、春美ちゃんは、幸せ過ぎる時間をお母さんや、妹さんと過ごしている。

かけがえのない時間を生きている。

これは春美ちゃんが「冬は必ず春となる」と、信じ抜いた勝利の証だ。

あとがき

春美ちゃんは、最初の入院から45年後に退院できた。

入退院を繰り返した時期もあったが、45年間のほとんどが病院での生活だった。

私はこの先もずっとその生活が続くことになるだろうと思っていた。

春美ちゃんが退院できたと知った時は、奇跡だと思った。心の底から嬉しかった。

私はこれから先、春美ちゃんとどれだけ文通を続けることができるか、退院後の春美ちゃんから届いた手紙に日付とナンバーを書くようにした。

この2年間でお互いに37通の手紙を書いている。

そしてこれは、久しぶりに春美ちゃんの妹さんに連絡をとった時に聞いたことだが、この春、春美ちゃんは二度桜を見に行ったそうだ。一度目は、妹さんと。そして、二度目は春美ちゃんが「お母さんにも見せてあげたい！」と翌日同じ場所に3人で出掛けたそうだ。

3人で見た桜。その光景を想像しただけで胸が熱くなる。お母さん。妹さん。そして春美ちゃん。それぞれの最高の思い出になったのではないだろうか。

そして、春美ちゃんは桜を見ながら「冬は必ず春となる」と信じ抜いた自分自身の勝利を噛みしめたのではないだろうか。

私は来年で乳がんの治療が終わる予定だ。その後も再発や転移の可能性がないわけではない。けれどそのことを恐れることなく、病と向き合いながら「人生を大いに楽しもう！」と強く思っている。

そして、私達はこれから先も春に向かって自分の人生を精いっぱい生き抜いて、人生最後の時には「私の人生は最高に幸せだった。そして、勝利できた！」と、感謝と満足で終えることができると確信している。

また、本書を執筆するにあたりこれまでの自分の人生を振り返ることができ、関わっていただいた皆さま、そして家族に改めて感謝致しました。

最後に、本書の出版に携わっていただきました全ての皆様にも心から感謝致します。

そして、本書を手に取り、読んでいただきました皆様、本当にありがとうございました。

皆様の心に何か少しでも届くところがあれば幸いです。

２０２４年８月

保坂　眞由美